Broderies et travaux d'aiguilles

© 2021 Ph. Aubert de Molay/Hispaniola Littératures

Éditeur : BoD-Books on Demand
12-14 rond-point des Champs-Élysées, 75008 Paris
Impression : Books on Demand, Norderstedt, Allemagne

Chargée d'édition HL : Rose Evans

Collection 1 nouvelle

Photographies de couverture :

Philippe Aubert de Molay et Coco Parisienne/Pixabay

ISBN : 978-2-3222-5103-2
Dépôt légal : Mai 2021

Broderies et travaux d'aiguilles

nouvelle

Philippe Aubert de Molay

HISPANIOLA LITTERATURES

Collection 1 nouvelle

*Petite fille sur la balançoire,
allant du Nord au Sud,
du Sud au Nord.*
Federico Garcia Lorca, *Ferias*

Broderies et travaux d'aiguilles

Avec une noire assurance dans le regard :
- Que savez-vous de la couleur ? elle dit un jour à un client indécis. Et il se tait.

Deux ans, huit mois et seize jours plus tôt, c'est presque le soir. La première fois où je pousse la porte de sa boutique, elle s'applique à la broderie compliquée d'une veste blanche et or, représentant, en gloire, la Vierge de Guadalupe, sainte patronne de Mexico et mystérieuse habitante de cet azur auquel je songe lorsque me traversent d'inquiètes pensées religieuses. Jeu d'ombre dans la pièce, je ne vois d'abord que ses mains élégantes sur le tissu. Elle touche vraiment ce qu'elle touche. Lorsqu'elle lève son visage d'étoile, je tombe amoureux. Je lis une telle intelligence dans ses yeux. La compréhension du monde. Et aussi de la colère, de la fierté, comme un refus de respirer. Quelque chose de relatif à la mort et que je ne saurais expliquer.

Je comprends douloureusement le grain doré de sa peau et je respire avec discrétion ses cheveux, senteur de caramel et de fatigue. J'aurais pu pleurer. Mourir dans un sourire. Comme la foudre blanche de juillet, un mot flambe dans ma tête : *soudain*.

Dans les semaines qui suivent, elle ne me quitte pas un instant. Je passe l'été à la croiser avec dévotion. Bonsoir mademoiselle. Elle ne me voit pas et réponds bonsoir monsieur. Dans ses yeux, le moindre moineau chahuteur vaut plus que moi. Elle gouverne jusqu'à mon sommeil. Ses seins, je les devine. Le poète Federico Garcia Lorca murmure jusqu'au petit matin : *Une rumeur, sourde et fatale vient entrouvrir son chemisier.*

Souffrance

de

n'

être

que

moi

Je dis : Federico, je sais que tu es déçu d'être mort à trente-huit ans, il y a bien longtemps, et que ton fantôme va hausser les épaules lorsque je prétendrai que tu n'as vécu que pour m'offrir ces deux vers :

Une rumeur, sourde et fatale
vient entrouvrir son chemisier.

Mais c'est pourtant ce dont je suis sûr : sans la connaître, tu parlais de cette fille. Il ne me répond pas. *Connaissez-vous cette brodeuse ?* j'insiste ici et là, le dimanche autour des fontaines et jusque dans le lit où s'unissent deux solitudes. On me regarde pensivement. Un amour de jeunesse pose sa main de vieille femme sur mon bras, pour murmurer, cruellement amusé : *Cette belle doit bien avoir au moins quarante ans de moins que toi...N'as-tu pas fêté tes soixante-dix ans au printemps passé ?* Je me trouve en effet grotesque.

> *Voilà que se brise son cœur*
> *Tout de sucre et de citronnelle*

Ferme-là Federico. Ta gueule. Abruti de poète. Menteur. Les morts doivent se taire. Je décide soudain de lui commander un habit de lumière. Elle commente : *Mon grand-père estimait que vous étiez le meilleur. Que vous aviez une telle prestance. Celle d'un prince. Il vous aimait beaucoup. Il racontait souvent cet épisode où le toro, sorti trois minutes plus tôt, était revenu sur le sable pour vous tuer. Et qu'il n'aurait pas dû. Revenir. Vous saviez donner l'épée avec une telle franchise. Je n'étais pas née. À la maison, on a entendu cette histoire un bon million de fois. Ce fauve revenant pour son malheur vous encorner, c'était dans les années...*

Je réponds : *Il y a longtemps.*

Et j'ajoute : *Je désire quelque chose de noir. Un peu d'or pas trop vif, pour ainsi dire éteint si vous voulez, mais du noir.*

À cet instant, les paroles de saint Jean de la Croix me traversent : *Je la connais la source, elle coule, elle court, mais c'est de nuit. Dans la nuit obscure de cette vie, je la connais la source mais c'est de nuit.* Ma couturière : *Le noir ? C'est la plus vraie des couleurs, je le ferai votre habit.*

Nous nous sommes compris, la belle et moi. Je veux un habit de lumière fait de discrétion. Une broderie venue de la nuit des temps. Comme la peau rêche du minotaure. Un habit du même tissu que le jour qui décline et pourtant s'obstine. Voilà ce que je veux. Elle a dit que c'était entendu. Qu'elle allait réfléchir et qu'elle broderait une étoffe de soie avec du fil bistre. Qu'elle cacherait, avec économie, une pointe de doré aux boutonnières afin de rappeler mon ancienne condition solaire de matador. C'est que j'ai porté l'or toute ma vie. On m'a aimé. Des villes entières sont venues pour moi. J'étais. Elle a dit qu'il y aurait des pierreries sombres. De l'obsidienne ou de l'onyx. Qu'on me croira vêtu des fumées du temps. Tu vois Federico, pour un jeune soupirant, elle termine un gilet mauve et cuivre, aux très anciens motifs de pommes de pin. Puis, pour le riche propriétaire de trois boucheries, elle devra se consacrer à une veste tabac et or, à décors floraux.

Bombant le torse, l'autre imbécile la portera lors de somptueux diners, loin du danger des arènes. Et ce sera le tour de mon habit. Je suis patient. Personne ne m'attend, si ce n'est la mort – encore plus patiente que moi..

On raconte, Federico, que tu es enterré dans une fosse commune avec deux garçons républicains. Non loin de Grenade. Tu es tombé avec eux le 19 août 1936 et, depuis, tous ceux qui ont du cœur te lisent et te pleurent. Je ne te connais pas mais tu es depuis toujours mon ami, mon frère, mon air. Dis-moi donc ce que t'inspires mon habit ? Il sera noir comme la nuit sans fin où tu cherches ton chemin, dans la surprise de ta propre disparition. Parle-moi. Regarde ! Je vais ouvrir au hasard le recueil de tes poèmes et tu me chuchoteras un secret : *Une rose dans le haut jardin que tu désires.* Cette jeune femme. La belle. Bien sûr. Bien joué, Federico, tu lis en moi et tu me parles de sa présence de fleur. Mon vieux cœur usé ne peut s'empêcher de l'aimer.

Quelle tristesse ! L'aimer ! Tandis que je pars te rejoindre, je me retourne un instant dans l'évanouissement du soir et je contemple cette irréelle beauté. Cette femme dont les hommes trop jeunes ne prendront pas soin, ignorant du trésor que sont ses nuits données. Et j'ai mal. Bien trop. Que ne puis-je remonter le temps ? Je sais que c'est ridicule ! Pour me retrouver le matin de mes vingt ans !

Je chercherais ma jolie brodeuse par toute la ville, l'épouserais, ferait fortune en étant courageux et lui serais fidèle ! Comme tu le sais mon Federico, sur le grand miroir de ma chambre, j'ai placé un brin de lavande tout sec et une marguerite fanée. La lune les éclaire durant l'insomnie. Deux amours si lointains. La lavande s'obstine à parfumer la chambre d'une inoubliable saison d'exaltation. Du temps où mon corps portait déjà les marques de treize coups de cornes. Et en réclamait d'autres ! Il m'arrive souvent de rêver à cette jolie rousse et, au matin, son odeur s'évanouit de mon oreiller. Puis est venue la charmante aux yeux verts. Un printemps sous le cerisier, à s'aimer sur un lit de marguerites. Elle me visite, elle aussi, et je regrette de ne pas lui avoir dit combien elle comptait. Peut-être mon noir habit figure-t-il le deuil de mes amours ? Je fais aujourd'hui cette terrible découverte : rien ne nous brise les ailes à tout jamais, même si on le préférerait. La vie s'accroche à nous comme une maladie curable. Pour mieux nous tuer plus tard, selon son bon vouloir, si possible lorsqu'on se croit sauvé. Saint Federico Garcia Lorca de mon ciel-enfer-paradis personnel, au secours !

Papillon cloué qui médite son vol

Tu ne te serais pas pris douze balles dans la peau, je te casserais la gueule. Sale poète. Beau parleur de mes deux. Dis-moi, pourquoi est-ce impossible : qu'elle me brode le cœur ? Qu'elle le raccommode.

Je ne souffrirais pas de ses aiguilles d'acier. Banderilles. Qu'elle m'habille, me déshabille, me couse à son ombre, me rende inoublié en me tuant de beauté une fois pour toute.

Ou deux fois si elle veut. Trois fois même. J'accepte de multiplier les agonies pourvu que ces dernières s'accomplissent somptueusement dans ses bras.

Même mon ignorance, ma peur, les choses sans grâce faites par désœuvrement avec quelques femmes, mes tristesses emplissant mes poches comme de gros cailloux, deviendront sa bobine de fil. Qu'elle me brode l'âme au cœur. Ses mains sur moi pour me lier encore un été à mon propre souffle. Je supplie le ciel : qu'elle me reprise, me ravaude, me rapièce. Qu'elle m'ourle de son désir, de sa jouissance. Qu'elle. Tu es poète. Tu sais comprendre cet amour qui me fait mordre la poussière. Ce feu. La corne n'est qu'une caresse en comparaison de ce que je ressens lorsqu'elle ne me regarde pas. Elle passe, éparpillant des fauvettes des jardins et des cris de gamins dans les rues, et je ne suis qu'une silhouette, un déjà mort, du vide, le flou, le rien qui lui sourit timidement. Federico ! Pourquoi la lecture de tes mots ne me guérit-elle pas ? Où es ta magie ? Reviens ! Cette nuit, tandis que les douze coups mélancoliques sonnent à Notre Dame des Douleurs, je décide de t'écrire une lettre :

Cher Federico Garcia Lorca,

Va te faire voir. Va te faire foutre. Ton livre Romancero gitano *est un mensonge, une tromperie, de l'ordure. Je te parle sans détour, tu vois. Sale cadavre sans funérailles. Dépouille du soleil. Je te connais, je te supporte, depuis suffisamment longtemps pour m'y autoriser. Tu m'écoutes pauvre fantôme en loques ? Ton recueil a été de tous mes voyages, de toutes mes soirées de gloire ou de vomissements. Te lire, mon médicament. Te lire encore, mon poison. Croire une fois de plus à l'amour, voilà l'éternel choléra que tu m'as offert.*

Lorsque je me croyais guéri de cette infection, ce n'était qu'une rémission. Tête de con de rimailleur. Baiseur de muses. Apollon de mes couilles. Orphelin de toi-même. Ton chant n'est que la pourriture qui déborde à gros bouillons de ta tombe.

Tes pages ? Un grand drap mortuaire ! Sale Pindare, quand vas-tu la boucler enfin ? Romancero gitano *? Dix-huit méchants cantiques à la mords-moi le nœud qui ne tiendraient pas une minute devant la charge d'un toro ! Ni, c'est pareil, devant un battement de cils de la belle. Je ne sais pas ce que tu veux de moi ni pourquoi tes phrases sont une douce torture ? Ta lyre, tu peux te la. Décompose-toi une bonne fois pour toute, plie bagage et crève pour de bon, décide-toi, sois mort, foutu, fricassé, flambé, sous terre ou incinéré.*

Loin de mes chagrins en tout cas. Publie un magnifique dernier poème : ton acte de décès. Ci-gît un chien galeux de poète. Sois gisant. Un soi gisant poète. On devrait fusiller TOUS les poètes. <u>Surtout, d'après moi, le dénommé Federico Garcia Lorca</u>. Car, défunt, il fait moyen de respirer en nous. De rallumer nos cœurs éteints. Il illumine les rues. Il. Prévoir des fosses communes partout, il faut de toute urgence. Purifier le monde de cette engeance poétique soumise à l'amour. Brûlons tes poèmes, Federico ! Brûlons ! Ton livre n'est que le linceul de mon impuissance et de mes regrets. Tête de mort !

Voilà ce que j'avais à te dire. C'est dit. Avec franchise. Retourne-toi dans ta tombe si tu veux !

Du bel ouvrage cet habit. J'ai payé et j'ai dit merci mademoiselle. Et je la vois moins. Presque plus.

Une fois, l'autre après-midi sur l'esplanade, fer rouge de soleil. Elle applaudissait un jeune musicien mexicain pour lequel elle avait brodée une délicate veste lilas et or. Tous deux se souriaient et j'ai failli en mourir. J'aurais dû, lâche que je suis.

Heureusement, j'ai retrouvé ta compagnie mon Federico. Tu veux un conseil d'ami : cesse d'errer comme une âme en peine autour de ton maudit trou sans fond, te regardant avec incrédulité, toi, là, une main sans chair sur ta bouche comme si tu hésitais à prendre la parole, au prétexte que tu es décédé.

Parle-moi encore ! Pardonne-moi pour la lettre un brin acidulée de l'autre nuit, j'étais malheureux tu comprends et c'est toi qui a dérouillé. Chuchote toujours à mon oreille (la gauche, l'autre ce n'est plus la peine). Et raconte-moi sans t'évanouir d'émotion ces aubes transparentes où, dans des odeurs d'amandes prêtées par le vent, tu quittais en souriant des maisons où dormaient tes amours : *Mais avant tout je chante une pensée commune Qui nous unit aux heures obscures et dorées.* Le dimanche, je revêts mon habit de lumière noire peu avant seize heures. À la minute même où autrefois, dans la prière du Christ du Grand Pouvoir, je me préparais pour le sable. Je deviens ce vêtement noir et doré. Je suis la nuit avec un peu de jour.

Lorsque la belle m'a remis ma commande, après le dernier essayage où des perles de jais m'ont empli l'âme de contentement, j'ai lu dans ses yeux si secrètement aimés : *Vous êtes bien trop vieux, monsieur, n'ai-je pas brodé votre habit de mort ?*

Je veux. Que le brin de lavande et la marguerite du miroir me fassent entendre cette lointaine rumeur, les encouragements d'une femme aimante. Je veux surprendre, devant tant de beauté consentie par un mai tout bleu, l'évanouissement de l'amante. Croiser, comme si l'on me fusillait de respect, les regards d'admiration des hommes jeunes. Pour que mon cœur batte. Et il bat ! Tellement fort que, par bonheur, il pourrait me tuer.

Je ferme les yeux, je n'ai plus besoin de miroir. Je suis là-bas, dans cet incendie de la mémoire, là où le crépuscule me fait fête. Tu sais d'avance mon Federico ce que je récite alors comme une offrande : *Comme elle brode bien, avec quelle grâce sur la toile couleur de paille, elle voudrait broder les fleurs de ses rêves.* Alors, dans l'ombre de moi-même, mes doigts suivent lentement le doux tracé parfait des broderies de mon habit. J'effleure des galons en forme de roses et je verse une larme, tu comprends Federico, sur des reliefs de soie aux motifs de cœurs percés d'une épingle. Tandis que tu m'approuves, frère poète, assis au bord de mon lit, vêtu de ténèbres amicales, me faisant signe d'approcher, je triomphe à jamais du toro au mufle fumant. Je suis la vie. Et je deviens pour longtemps l'époux comblé de la belle. Je me vois jeune, comme sur une de ces anciennes photographies.

Au moins pour la nuit prochaine, ce sont les noces de l'épée et de l'aiguille. Dans l'éblouissement des imaginaires épaules de reine de mon aimée, portant l'habit jaillit de ses mains, je suis enfin comme nu.

(*Broderies et travaux d'aiguilles* 2014. Nouvelle publiée en première version in *Rencontres extrêmes*, collectif, Souffle court, 2014 ; in *Boxer dans le vide*, anthologie 2005-2015, Souffle court, 2017).

Avec le soutien de Rose Evans, Olivier Millet (*Hispaniola Littératures*) / Ludmilla de Monfreid et Zoé Agbodrafo (*Totemik CrowFox*) / **Merci** à Pascal Parmentier, Fabrice Gallimardet, Juanita Cruz, Gérard Héchinger, Daisy Beline, Véronique Jaussi, Federico Garcia Lorca ; Marie Doré, Julia Woolf et Sébastien Breton (*Lapin à Métaux*) ; Astrid Laramie, Olivier Bastille de Gouges et Paul Astapovo (*Fondation Carlota Moonchou*) ; Bob Collodi et Maria Quiroga *(Académie royale des littératures Orélides)* ; aux membres des *Avocats du Diable* (Nîmes) / Amical salut aux participants du *Quart d'Heure Littéraire* (Mon Club d'écriture) / **Broderies et travaux d'aiguilles** / Éditrice : Rose Evans / Photographies de couverture : Philippe Aubert de Molay (recto) et Coco Parisienne/Pixabay (verso) / Mise en pages : Anastasia Tourgueniev et Zoé Agbodrafo (avec Béthanie Rib) / Dépôt légal mai 2021 / ISBN 9782322251032 / Imprimé en Allemagne / www.bod.fr / www. aubert2molay.vpweb.fr / © Ph.A2M, 2021 © Hispaniola Littératures, 2021 /

www. aubert2molay.vpweb.fr

**du même auteur chez Hispaniola Littératures,
disponible en librairie et sur le site BoD**

Collection L'Inimaginée
(Littérature de l'imaginaire)
-PETIT TRAITE DE SORCELLERIE ET
D'ECOLOGIE RADICALE DE COMBAT
-DOULEUR FANTÔME
Collection L'imaginable
(Littérature blanche)
-SAPIN PRESIDENT
Collection 1 nouvelle
-TOUTE PETITE FILLE DES DRAGONS
-SUPERETTE
-LA HAUTEUR
-LA MORT DE GREG NEWMAN
-DIX ANS AVANT LA NUIT
-SELON LA LEGENDE
-S'ENFERMER DANS UNE CABANE ET ECRIRE
-EN MARCHE
-LECON DE TENEBRES
-L'HIVER 1877 DE MISS EMILY DICKINSON
- LA ROUSSEUR DU RENARD
-TECHNIQUES DE VOL HUMAIN
EN CIEL NOCTURNE
-LA FEE DES GRENIERS
-ROUTE DU GRAND CONTOUR
-LE DOCUMENT BK 31
-FANTÔMES D'ASTREINTE
-BRODERIES ET TRAVAUX D'AIGUILLES
-LA REPUBLIQUE ABSOLUE
-LA BONNE LONGUEUR DE MECHE
-INTERNITE
-KANSAS ET ARKANSAS

Collection 1 nouvelle